SELINA GIOMARELLI • FRANCESCA LANDI

LOOSERS

volume uno

LOOSERS

Storia: Selina Giomarelli
Disegni : Francesca Landi

Stampato in Italia presso

GRAFICHE AMBERT SRL - Via per Chivasso - Verolengo (TORINO)
Prima Tiratura ISBN: 978-88-94936-43-8

Pubblicato da: MANGASENPAI EDIZIONI
Un marchio di Progetto Idea sas di Francato Fabrizio & C.
Via Massimo D'Azeglio, 21 - 13045 Gattinara (VC) - P.Iva 01834510032 Rea n. 200316

Editing a cura di Progetto Idea sas
Hanno collaborato: Alessandra Saeko Rossi, Fabio Renzetti, Claudia Torgano, Elisa Baricchi

LOOSERS

LOOSERS

VI HANNO MAI DETTO QUANTO IL DESTINO E LA VITA SIANO MALEDETTAMENTE INTRECCIATI ?

CHE COS'E' LA VITA SENZA IL DESTINO ?
C'E' FORSE QUALCHE ALTRA FORZA IN GRADO DI GUIDARE LA NOSTRA ESISTENZA ?
SAREMO SEMPRE OBBLIGATI A SCEGLIERE ...

PASSO DOPO PASSO ...
DIETRO LE NOSTRE DECISIONI, CI SARA' SEMPRE LUI ...
IL DESTINO.

IO CI HO PROVATO, DAVVERO ...
QUANDO ENTRI NEL SUO MIRINO, PUOI PROVARE AD INGANNARLO ...
PUOI NASCONDERTI DAI SUOI *OCCHI* ...

TORNERAI SEMPRE DOVE VUOLE LUI
MA ALLA FINE TI TROVERA' ...
PROPRIO COME UNA BUSSOLA CHE PUNTA FISSA PER LA STESSA ROTTA.

OGGI 25 DICEMBRE 2014 ...
HO PROVATO DI NUOVO A COMBATTERE CONTRO IL DESTINO.
FINALMENTE E' RIUSCITO NEL SUO INTENTO ...

FARMI PERDERE TUTTO QUELLO CHE AVEVO ...

LOOSERS

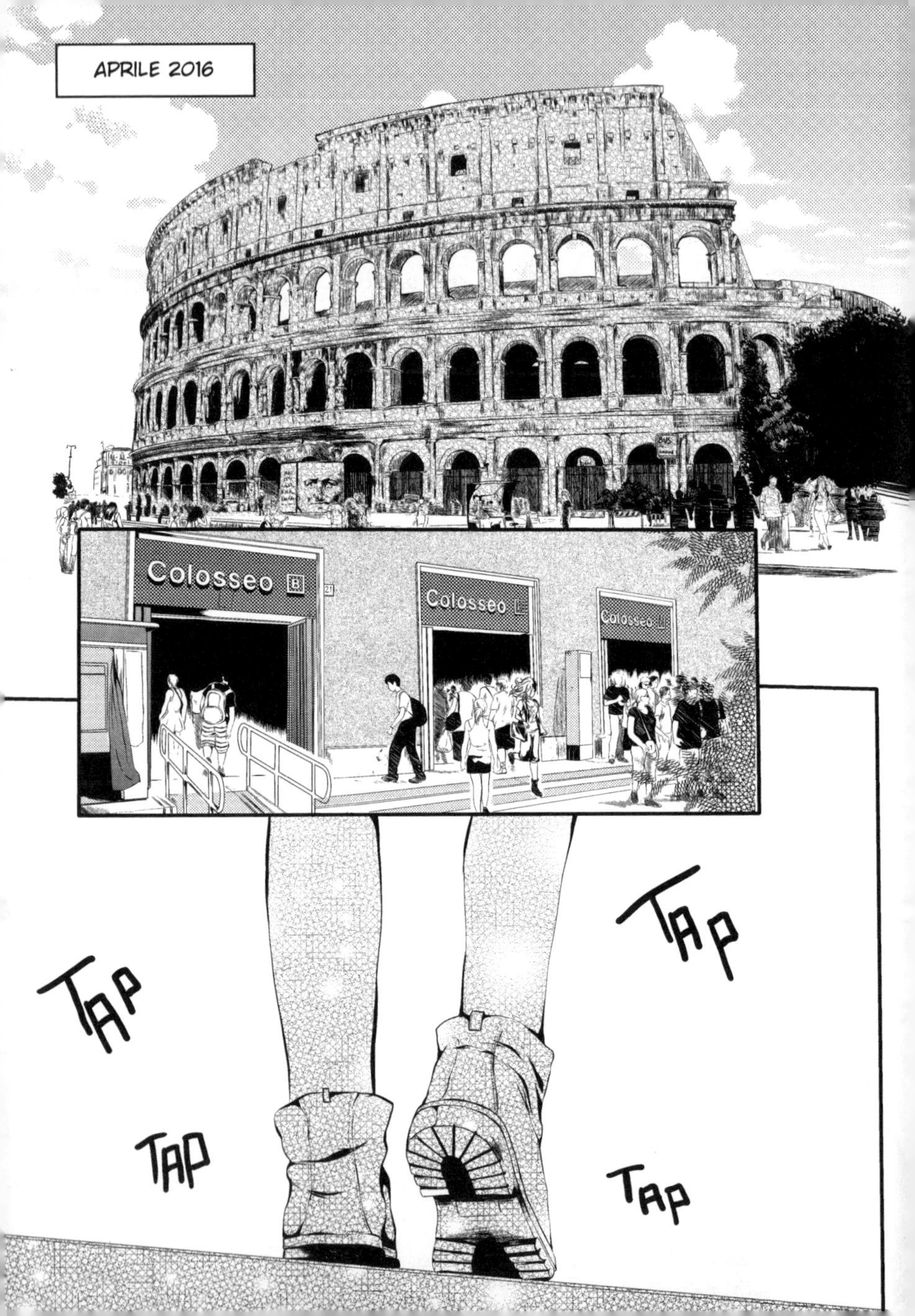
APRILE 2016
Colosseo B
Colosseo
Colosseo
TAP
TAP
TAP
TAP

FRUP

NON SAI QUANTO TI INVIDIO ZIGGY.
PRR...
VORREI ESSERE COME TE CHE NON HAI NESSUN TIPO DI RESPON-SABILITÀ ...
SHA..
E SOPRATTUTTO NESSUNA DELUSIONE.
DRIIIN

DRIIIN
E ORA COSA MI INVENTO?
Videochiamata Whatsapp Davide in corso 0:50
EHI, TESORO!
ALLORA? COM'È ANDATO IL COLLOQUIO CON L'EDITO-RE?

SIGNORINA... IL FATTO È CHE QUESTA ROBA NON VENDERÀ MAI. IL MANGA NON È ROBA DA ITALIANI, NOI NON VOGLIAMO INVESTIRE SU RAGAZZI CHE SUL WEB NON SONO *NESSUNO*.
COME DOVREI DIRE? SCUSA, DAVIDE, HO FALLITO DI NUOVO ?
...BENE! DICONO CHE SONO MOLTO INTERESSATI ALLA MIA STORIA, PROBABILMENTE INIZIERÒ A PUBBLICARE TRA UN PAIO DI MESI!
CHE?!? MA COME MI È VENUTO IN MENTE?!?

VERAMENTE?! ERA ORA! DOPO TANTI SACRIFICI È ARRIVATA FINALMENTE UNA GIOIA! TE LO MERITI... SUNNY.
EH, SÌ... DAVVERO UN COLPO DI FORTUNA.
SONO UN'IDIOTA ...
CI VEDIAMO DOMANI SERA? MI *MANCHI* ...
SPAFF
SONO ROVINATA.

SONO DAVVERO NEI GUAI.
CLICK
EHI! SUNN-
EEEH, SÌ, CERTO. ANCHE TU! ORA PERÒ DEVO SCAPPARE, CIAO!!
GLOM
AGIT AGIT
HO MENTITO A DAVIDE COME SE NULLA FOSSE ...
SHAAAA
SE NON TROVO UN LAVORO ALLA SVELTA... RESTERÒ ANCHE SENZA SOLDI.

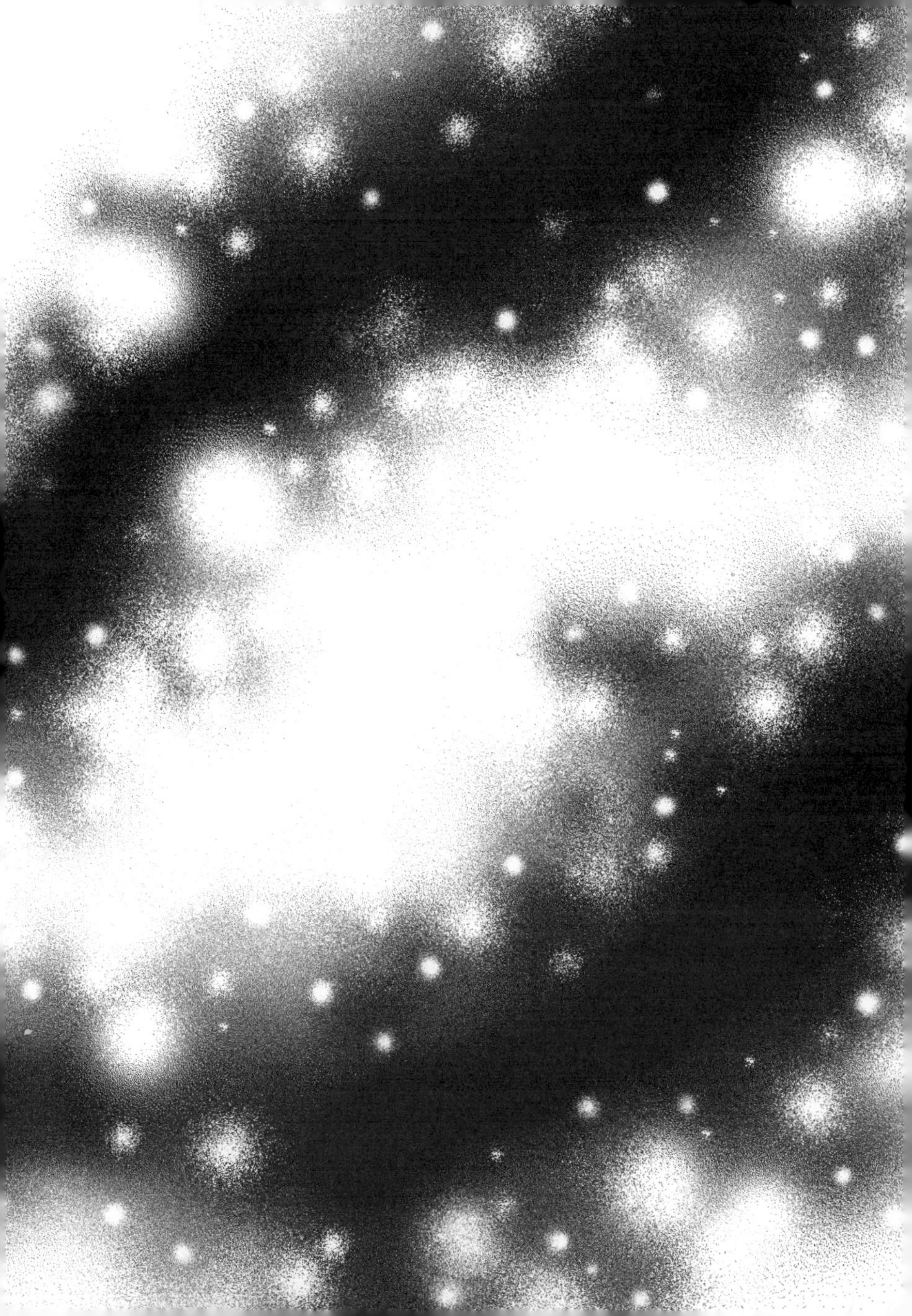

GRRR
SE MI ATTACCA UN' ALTRA VOLTA IL TELEFONO IN FACCIA, *GIURO CHE ALZO LE MANI!*
CI SARÀ UN LAVORO...
CHOMP
CHE POSSO FARE ANCHE IO...
WHAAAAA
WOOF
O... NOO...
...NO ?
DOOOON

JOHNNY... QUANTE BIRRE POSSONO UCCIDERE UN ESSERE UMANO..?
BRUTTA GIORNATA SUNNY ?
NO! MA COSA DICI? È LA GIORNATA MIGLIORE DELLA MIA VITA!

VITTIMA SHOUJO
HO FALLITO COME FUMETTISTA, HO MENTITO AL MIO RAGAZZO E IN PIÙ PARE CHE IO NON SIA IN GRADO DI FARE NESSUN TIPO DI LAVORO. LASCIAMI MORIRE QUI.
ORA NON ESAGE-RARE.
SENTI... PERCHÈ NON PROVI A FARE LA BARISTA O L'ADDETTA AI TAVOLI? ...CERCANDO DI EVI-TARE LE TUE SOLITE SCEMENZE, TIPO BE-RE MENTRE LAVORI O MANDARE A QUEL PAESE I CLIENTI.

Pi
TROVERO' MAI UN LAVORO... JOHNNY?
VUOI UN ALTRA BIRRA...?
BARCOLL
GNEEE
GH. MI GIRA TUTTO...
ALL STAR
STAR
TAP
TAP
TAP

FALLA FINITA!!
SBIRC
TSK!

SEI DIVENTATO SORDO ?!
QUEL TIPO... SEMBRA PERICOLOSO!

TI HO GIÀ DETTO MILLE VOLTE DI NON FARMI INCAZZARE!
GRIP

AIUTO, SI FERMI PER FAVORE !!!

EHI. TOGLILE LE MANI DI DOSSO O CHIAMO LA POLIZIA!!!
FRUSH
MA COSA...
ASPETTA! DOVE PENSI DI ANDA-RE T-
TUTTO OK?!? VUOI CHE CHIAMO QUALCU-NO?

EH EH
SAME
SAME
SAME
SAME
TUP
TRAN-QUILLA...
NON RINGRAZIARMI. È STATO UN PIACERE...
GRRR
TU.

POSSO SAPERE COSA TI È SALTATO IN TESTA?
SIGH
TI RENDI CONTO DI COSA HAI COMBINA-TO?!?
SCUSA, MA NON TI CAPI-SCO...

PERCHÈ TI SEI MESSA IN MEZZO?
E ME LO CHIEDI?
QUEL TIPO TI AVREBBE SPACCATO LA FACCIA SE NON CI FOSSI STATA IO AD ATTIRARE L'ATTENZIONE!
NON MI DIRE CHE TU SEI UNA DI QUELLE CHE LE PIACCIONO I TIPI VIOLENTI EH.
NO ASPETTA, NON RISPONDERE. NON VOGLIO SAPERLO.

TE L'HANNO MAI DETTO...
...CHE SEI COMPLETA-MENTE FUORI DI TESTA?
!
QUELLO È IL MIO EX E MI DOVEVA DEI SOL-DI!!!
NON MI AVREBBE MAI MESSO LE MANI ADDOSSO! ORA MI SPIEGHI COME FAC-CIO?!? L'AVEVO FI-NALMENTE BECCATO!
Bye
Bye

NON POTEVO SAPERE! PENSA-VO...
BEH... PENSAVI MALE!!!
SAI QUANTO TEMPO GLI SONO STATA DIETRO PER FARMI RIDARE QUEI SOLDI? LE VOLTE CHE SPARIVA E MI PRENDEVA IN GIRO...
SCUSA, EH! MA CHI TI CONOSCE? COME POTE-VO SAPERE ?!?
ORA COME FACCIO?

MEGLIO CHE VADA ORA, SPERO SOLO DI RIUSCIRE A RITROVARLO... DA QUALCHE PARTE...
CHE LA CACCIA ABBIA INIZIO... DI NUOVO!!
NON C'È DI CHE... COMUNQUE!

PRONTO?

...SÌ... SIGNORINA DE ANGELIS?
LA CHIAMO PER IL CURRICULUM CHE CI HA SPEDITO DUE GIORNI FA VIA MAIL. ABBIAMO UNA CERTA URGENZA.
S-SÌ! SALVE!
OGGI ALLE 14:00? PERFETTO, GRAZIE MILLE!
?

I GRANAI
CENTRO COMMERCIALE
PANDRAMA
Samsonike

?
SOLE DE ANGELIS, GIUSTO?
S-SÌ...
PIACERE, IO SONO ALESSIA, LA TUA RESPON-SABILE!

COME TI DICEVO PER TELEFONO, ABBIAMO UN URGENTE BI-SOGNO DI PERSONA-LE.
ADESSO SONO IMPE-GNATA CON L'INVENTARIO. NON HO PRO-PRIO IL TEMPO DI FARTI UN COLLO-QUIO...
CHE... CULO!
VEDI QUELLA RAGAZZA LAGGIÙ? LAVORA QUI DA UN PO'. TI SPIEGHERÀ TUTTO QUELLO CHE DEVI SAPERE. PER OGGI TI AFFIAN-CHERÀ. VAI DA LEI. TI STA ASPETTAN-DO...

EHM... CIAO! SONO LA RAGAZZA NUOVA. MI CHIAMO SO-
OH, CIAO! BENVENU...
...TA?

TU.
LA... DISAGIA-TA!!!

LOOSERS
2nd Misfortune

NON CI POSSO CREDERE, E' UN INCUBO VERO???!!
ANCHE MENO.
UFF...

FACCIAMO LE PERSONE CIVILI, CHE NE DICI?
IO SONO SUNNY.
STONK
O MEGLIO...
SOLE.

BENE, PERSONE CIVILI HAI DETTO...
SHA
PIACERE, SOLE. IO SONO...
...LUNA.

AHAHAHAH
SOLE E LUNA... ASSURDO. AHAHAH AHAH!
TSK
FORZA! AIUTATEMI CON IL MAGAZZINO CHE ALLE 18:00 DEVO SCAPPARE!

AMA
MANCANO 10 MINUTI ALLA CHIU- SURA, VADO A FUMARE ...
VEDI DI NON FARE CRETINATE.
UH?
A-ARRIVO SUBITO !!!

...E ORA?!
Per usare la cassa:
• Inserire il codice 02
• Sparare(i) il prodotto(i) (trovi tutto sul display
• fare totale
• inserire il tipo di pagamento (carte/bancomat/contanti)
• dare resto scontrino
CIÀ
SPERIAMO DI NON FARE UN CASINO!
SHA...

SOLE E LUNA ...
SHA
CHE ASSURDITA' ...
TSK!
TAP TAP
FRUSH
SONO 37,80 GRAZIE!!
MH?

COSA VUOI?
CHI TI HA DETTO DI TOCCARE LA CAS-SA?!
PREVEDO AMMANCHI.

TAP
APERT
CASS
1 2 3
4 5 6
50
EURO
50
FISS

AH AH AH AH AH AH AH AH AH AH AH AH AH !!!
NOTI NIENTE ?
...CHE SEI TUTTA MATTA?
E' FALSA SCEMA !!!
GRAT
AH, CAVOLO. MI SPIACE MA PUO' SUCCEDE-RE, NO?
...E ORA?
E ORA CE LI RI-METTI TU.
SHOCK
EH?
AH, SI?
CHISSA' COSA DIREB-BE ALESSIA SE SAPESSE CHE HAI USATO LA CASSA SENZA PER-MESSO.
COS?!
CHE HAI ACCETTATO SOLDI FALSI...
E NON SOLO NON VUOI PRENDERTI LA RESPONSABILITA', MA NEMMENO RESTITUIR-
MA NON E' COLP-
CHEE! COL CAVOLO! NON HO NEANCHE I SOLDI PER PIANGERE, ORA!
BASTA! HO CAPITO!
...MA NON HO UN EURO, ORA.

QUANTO MI DISPIACE ...
FUCK
INVECE DI FARE LA STRONZA, AIUTAMI! COME LA RISOLVIAMO?
COME LA RISOLVI TU, SEMMAI! O CE LI RIMETTI, O CE LI RIMETTI, SEMPLICE!
...E LASCIAMI CHE DOBBIAMO CHIUDERE!
...TUTTAVIA...
...CI SAREBBE UN MODO PER RECUPERARE QUEI SOLDI...
SPARA.
SE STASERA VIENI CON ME A CERCARE MATTIA E RECUPERIAMO I MIEI SOLDI...
...IO NON HO VISTO NULLA E DOMANI PRIMA DELL'APERTURA RIMETTIAMO I 50 IN CASSA!
...MATTIA?
IL MIO EX TONTA!
AAH, CAPITO. VEDIAMO ...
NO.
I SOLDI, PREGO.
GOCC
SMILE SMILE
...
...ARGH. ANDIAMO.

GOCC...
ROMA
LONDRA - NEWYORK
SALA BINGO
...OK.
ORA HO PAURA.
NON FARE LA SCEMA, ENTRIAMO.

FISS
TLAC
DRIIN
AHAH
SHA...
GULP!
...DOVE SONO...
...FINITA!!

EHI, TOM!!
PORTAMI IL SOLITO!
EH!!!
CHE FAI LI COME UNA SFIGATA?!
E' DA TANTO CHE NON TI VEDO, LUNA, COME STAI?

RATTLE
BENE, BENE! HAI PER CASO VISTO MATTIA STASERA?
MI DISPIACE TANTO NON VEDERVI PIU' INSIEME
...
...ERAVATE PROPRIO UNA BELLISSIMA COPPIA.
...
AH, SCUSA! LEI E' SOLE, UNA MIA COLLEGA.
PIACERE!

COMUNQUE ...
SI', STASERA MATTIA E' STATO QUI.
HA ALZATO IL GOMITO, COME SEMPRE...
...CAPISCO.

METTETEVI COMODE, VI OFFRO IL SECONDO GIRO!
EVVAIII!
... INSOMMA IO E MATTIA SIAMO STATI INSIEME PER CINQUE LUNGHI ANNI...
...DA QUANTO VI SIETE LASCIATI?

SONO DUE ANNI CHE NON STIAMO PIU' INSIEME UFFICIAL-MENTE.
MI DEVE VERAMENTE TANTI SOLDI E NON IMMAGINI QUANTO MI SAL-VEREBBERO IN QUESTO MO-MENTO.
NON SAI QUELLO CHE HO SOPPORTATO CON LUI...
MI DICEVA CHE DOVEVA PAGARE L'AFFITTO, AIUTA-RE LA SORELLA MALATA, INVE-CE VENIVA QUI...
A GIOCARSI LE MUTANDE E A BERE CO-ME SE NON CI FOSSE UN DOMANI.

SH
BENE!
E' ORA DI
TENTARE
LA SORTE!
DIN
DIN
DIN
SHA~

SHONO UBRIACHI SIMA, GUIDI TU?
ANCHE NO, NON HO LA PATENTE.
STOMP
NICHOLAS ...?

CHI?!
DASH
NIENTE! MI SONO SBAGLIATA, ANDIAMO!
FERMATI QUI.
E' QUESTO IL PORTONE.
DW·5XXXX
ABITIAMO ANCHE VICINE! AH, AH, AH !!!
SHA
MA COSA RIDIII?
SOSPIR

ALLORA CI RIPROVIAMO DOMANI, OK?
COME?? ANCORA??
CERTO, ORMAI TI SEI OFFERTA DI AIUTAR-MI.
MI HAI PRATICAMENTE COSTRETTA.

SH...
SPERIAMO BENE PER QUEI 50 EURO...
EHI! SOLE?
...
ERA UNA CAZZA-TA!
MA ORMAI HAI PROMESSO ...MI AIUTE-RAI!
EH EH
QUEI 50... SONO VERI!

...
WRRRR
WROOOW
SHAAA
...
UNA CAZZATA ...

QUELLA MALEDETTA ...
TAP
TAP
UNA CAZZA-TAAAA !!!!
SH
AAA A...
PERO' ...
MPH...
NON E' STATO COSI' MALE, ALLA FINE...
EH EH EH EH

...PERO' SENTO...
...DI ESSERMI DIMENTICATA QUALCOSA DI IMPORTANTE.
03.15
7 chiamate perse
10 messaggi whatsapp
CHISSA'...

LOOSERS

LOOSERS
3rd Misfortune

DRIIIIN
NH-GH ...
CHE ORE SONO..?
DRIIIN
E UN ATTIMO !!!

SI'? CHI E'?
IL TUO RA-GAZZO.
KES
HAI FORSE DIMEN-TICATO DI AVERNE UNO?

MI SPIEGHI CHE CAVOLO DI FINE HAI FATTO?!
FRUSH
GRAAB!
IERI SONO SPARITA ...

IL TUO TELEFONO E' SPENTO DA IERI. CHE TI PRENDE?
SOLE ?!
PRIMA DI TUTTO, DATTI UNA CALMATA!

...
QUINDI?
NON MI FUNZIONA PIU' IL TELEFONO ...
OGGI SAREI AN-DATA A COMPRARNE UNO NUO-VO E...
...E CREDO SERVA SOLO METTERLO IN CARICA.

LO SAI CHE MI FIDO DI TE SUNNY...
...E TI AMO.
NON VOGLIO SAPERE PERCHE' TI SEI DIMENTICATA DI SCRIVERMI... O...
GTR
-AB
SNIFF
...O PERCHE' PUZZI DI ALCOOL.

SO CHE SEI PARECCHIO IMPEGNATA CON IL TUO PROGETTO E...
...
SÌ, IERI HO LAVORATO...
PERO' CI SONO DELLE COSE CHE NON TI HO DETTO ...

TI HO MENTITO ...
HANNO RIFIUTATO NUOVAMENTE LA MIA STORIA ...
QUANDO MI HAI CHIESTO COM'ERA ANDATA CON L'EDITORE, NON SAPEVO COME DIRTELO...
...E IERI HO INIZIATO A LAVORARE IN UN NEGOZIO DI ABBIGLIAMENTO.
...MI VERGOGNAVO PER L'ENNESIMO FALLIMENTO.

E...
FRUSH
SHHH
...
MHA...
GRAB
SHA..

SOSPETTAVO CI FOSSE QUALCOSA CHE NON ANDAVA ...
IO SARO' SEMPRE FIERO DI TE, SUNNY!
NON DEVI SMETTERE DI CREDERE IN QUELLO CHE FAI, MAI!

NON SEI ARRAB-BIATO?
NO.
ORA RACCONTAMI DI QUESTO NUOVO LAVORO...
NE...
...POSSIA-MO PARLARE DOPO?

SPESSO LE NOSTRE UNICHE SICUREZZE ...
...SONO QUELLE CHE SENZA RENDERCENE CONTO ...
AH...

...FINIREMO
PER
DISTRUGGERE.

...
IL MIO STOMACO CHIEDE PIETA'.
FACCIAMOCELO UN BICCHIERE DI VINO OGNI TANTO, NO?
GH
VOMITO ...
MH?

LUNA ..?
COSA SONO...
... QUESTI.
FRUSH
GOCC
LE MIE OPERE D'ARTE.
SUL SERIO, COS'E' QUESTA CAGATA?
FACCIO DISEGNINI STUPIDI QUANDO NON HO NIENTE DA FARE,
...MA CHE TI FREGA, POI?

DISEGNO ANCHE IO...
CHE TIPO DI DISEGNI ???
...FUMETTI.
NO. NON CI CREDO!!!
KYA
MA CHE FIGATA!!! ADORO I FUMETTI!
"WHITE DEMON" E' IL MIO PREFERITO !!!
GASP

NO...
E' ANCHE IL MIO PREFE-RITO.
EH?

SONO COMMOSSA.
MA COSA ...
NON SEI COSI' ORRIBILE, IN FONDO ...
TI AMMAZZO.
E LEVATI, CON 'STE BOMBE, MI SOF-FOCHI.

COMUNQUE ...
PER RIPRENDERE IL DISCORSO, DUE ANNI FA SONO STATA IN GIAPPONE, PER FARTI CAPIRE QUANTO SONO FISSATA CON I FUMETTTI.
WOW, DEV'ESSERE STATO UN VIAGGIO MAGICO.
...
EH EH
E' STATO UN REGALO MOLTO GRADITO.

SE E' STATO UN REGALO GRADITO ...
PERCHE' HAI FATTO QUELL' ESPRESSIONE MALINCONICA?
CHE STRAZIO ...

Social
TAP
TikTok$
#GRIN#INSTASUNSET #PHOTOSET
SCROLL
UP
Piace a Ricc_ardo e altre persone
NICHOLAS___ TOKyO 2010
ith@luna.diamanti
SIGH

SI PUO' SAPERE CHE TI PRENDE?
NIENTE.
HAI CHIUSO CASSA?
COMUNQUE, STASERA ANDIAMO AL 420.
"ANDIAMO" CHI? SCUSA?
IO E TE, CARA.
NON MI DARO' PACE FINCHE' NON TROVERO' I MIEI SOLDI.

EH, NO. MI SPIACE.
NON TI SEGUIRO' MAI PIU' NELLE TUE FOLLIE.
E INVECE...
TSK
...

420
DISCOTECA
NON CI POSSO CREDERE ...
ALLA FINE SEI RIUSCITA A FREGARMI DI NUOVO.
MI HAI STUFATA !!!
MA SMETTILA, IN REALTA' TI DIVERTI!
DUE RHUM E PERA GRAZIE!
IL "COCKTAIL" CHE VOLEVI OFFRIRMI ERA QUESTO'?
MORTA DI FAME.
SENTI... BASTA LAMENTARSI. ALLA SALUTE!

SBAM
CHE TENA-CIA.

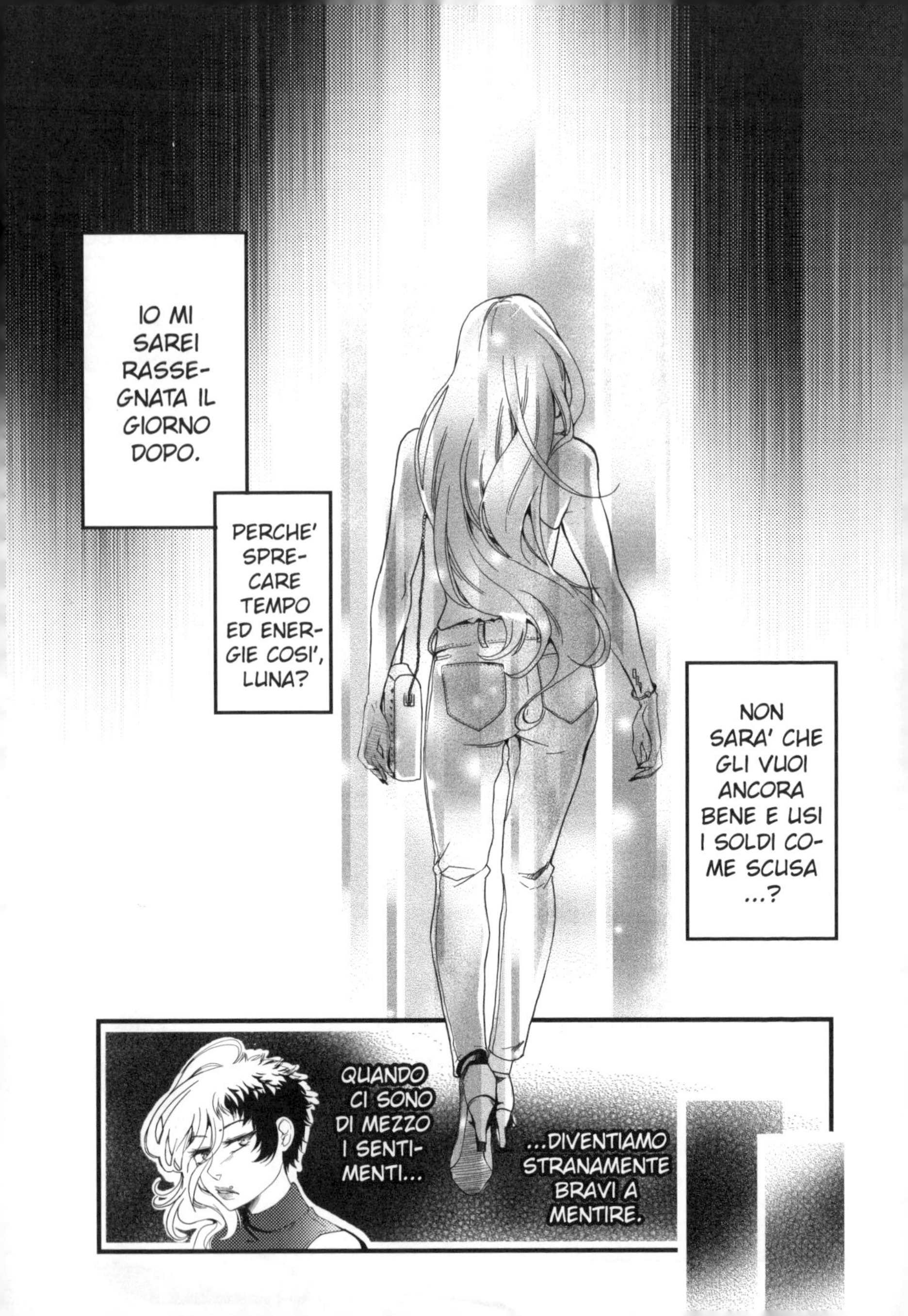
IO MI SAREI RASSE-GNATA IL GIORNO DOPO.
PERCHE' SPRE-CARE TEMPO ED ENER-GIE COSI', LUNA?
NON SARA' CHE GLI VUOI ANCORA BENE E USI I SOLDI CO-ME SCUSA ...?
QUANDO CI SONO DI MEZZO I SENTI-MENTI...
...DIVENTIAMO STRANAMENTE BRAVI A MENTIRE.

LUNA...
NON PUOI CONTINUARE COSI'...
NON SO SE TI RENDI CONTO CHE STAI CERCANDO A VUOTO ...
DOVE VAI ORA?!
A FUMARE!
MH... DEVO ANDARE AL BA-GNO.
CERTO CHE ...
AH, CAVOLO!
IL MESSAG-GIO A DAVIDE!

POTREBBE FARSI SENTI-RE PURE LUI OGNI TANTO ...
EHI...
EH?
DOVE CAVOLO E' FINITA SOLE?!

CHE STRANO
...
PER ESSERE UNA DISCOTECA DEVO DIRE CHE I BAGNI SEMBRANO FIN TROPPO TRANQUILLI...
PER L'APPUNTO.
CAZZO!!! CHE MALE.
CAVOLO, STAI ATTENT-

CHIEDI SCUSA, ALMENO!
AHIO!..
MA PIANTALA. NON TI SEI FATTA NIENTE!
LA SMETTI DI FARE IL CRETINO?!
TSK
OPS...
GRR
CAFONE.

SEI DAVVERO UN ANI-MALE!
..CAZZ
TROPPO ...
...VICINO.
SI PUO' SAPERE COSA VUOI ?!
MI STAI FACENDO INCAZZA-RE.

OOH, CHE PAURA! ORA ME LA FACCIO SOTTO!

LEVATI. PUZZI DI ALCOOL DA FARE SCHIFO.

EHI.
AH?!
NON NE PUOI FARE A MENO DI FARE IL GALLO, EH?!
SHA...
...

PERCHE' MI CACCIO SEMPRE ....
IN QUESTE SITUAZIONI DEL CAVOLO ...?!

LOOSERS
4th Misfortune

SUNNYYY !!!
EH!!!!
SONO QUIIII !!!

GRANDI CONQUISTE ?
MA COME! NESSUNA REAZIONE? TUTTO QUI?
JOHNNY DEPP !!!
E' PROPRIO LUI!!!
QUESTO SE LO E' MANGIATO...
... JOHNNY.
QUESTO E' TROPPO!
...
SCRIVIMI !!!
SEH, CERTO.

VOGLIO ANDARE VIA DA QUI ...
QUESTI POSTI ...
...NON FANNO PER ME.
UN PORTA-FOGLIO!
CHE CULO !!!

QUESTA E' LA SECONDA VOLTA ...
?
MI PORTI SEMPRE VIA DAI SOLDI.
...

SAI DEPP QUANTI SOLDI HA?!
MA SEI SERIA?
LA SECONDA VOLTA...
...
HO BISOGNO ...
DI COSA?

HO BISOGNO DI RESPI-RARE...
PLIC

SHA...
LUNA !!!
AMORE, NON FARLO!
NON ANDARE VIA! TI RESTITUIRO' TUTTO!

TU NON TI RENDI CONTO ...
...CI HANNO DATO LO SFRATTO!!!
I SOLDI CHE TI AVEVO DATO...
...PER PAGARE GLI AFFITTI ARRE-TRATI...
CHE FINE HANNO FATTO?

IN ALCOOL E GIO-CO!
LUNA ...
MI FAI SCHIFO.

I SOLDI CHE TI DEVO. LAVORERO' SODO PER RIDARTELI.
MPH
TI DO MASSIMO DUE SET-TIMANE.
KISS
GULP!
SIGH
PANT
SAPEVA A CHI APPARTE-NEVANO QUEI SOLDI.
...LO SAPEVA!!!
SIGH

E NON PROVARE A SCAP-PARE.
TANTO LO SAI NO?
IO TI TROVO SEMPRE.

DISTRUGGERE LA VITA ...
...DI CHI SI AMA...

C'E' FORSE
QUALCOSA...

...DI PIU'
SEMPLICE?

EHI...
SI PUO' SAPERE PERCHE' DEVE FINI-RE SEMPRE COSI'?!
GHE
CHIAMA ALESSAN-DRO, DAL MIO CELLU-LARE, LUI CI SALVE-
...RA'.
...
SEI TU, SOLE?

CHE HA COMBINATO STAVOLTA?
ABBIAMO BEVUTO PAREC-CHIO...
MI DISPIACE AVERTI DISTUR-BATO.
MA E' STATA LEI A...
IMMAGINAVO CHE AVEVA COMBINATO QUALCHE DANNO...
...COME SEMPRE.

BEH DAI, SEI CORSO DA LEI, VUOL DIRE CHE LE VUOI MOLTO BENE!
TUP
SHA
COMUNQUE PIACERE.
...
SWISH
PIACERE, ALESSAN-DRO.
FRUSH
CHE TIPO SCHIVO...

TU HAI MODO DI TORNARE A CASA, O DEVO DARTI UN PASSAGGIO?
EHM, NO SONO VENUTA CON LEI.
ALLORA TI ACCOMPAGNO IO, LASCIAMO LA SUA MACCHINA QUI...
GOCC
EH EH
ABITIAMO VICINE, NON TI FACCIAMO CAMMINARE TROPPO!
SHH
FRUSH
FRUSH
CII
CII
CII

GRAZIE PER IL PASSAGGIO E SCUSA IL DISTURBO!
FIGURATI, CI SONO ABI-TUATO, LA CONOSCO DA QUATTOR-DICI ANNI.
TUP
CIAO, ALESSAN-DRO...
DI' A LUNA CHE CI VEDIAMO LUNEDI' AL NEGOZIO ...
...OK.

ME NE ERO COMPLETAMENTE DIMENTICATA.

NON CI CREDO ...
E' VUOTO.
PATENTE DI GUIDA REPUBBLICA ITALIANA
1. Max
2. Di Marzio
3. 17.08.1999
FRU—SH
CHE TIPACCIO ...
POI DOMANI PENSERO' COSA FARE ...
ORA HO TROPPO SONNO ...

LOOSERS
5th Misfortune

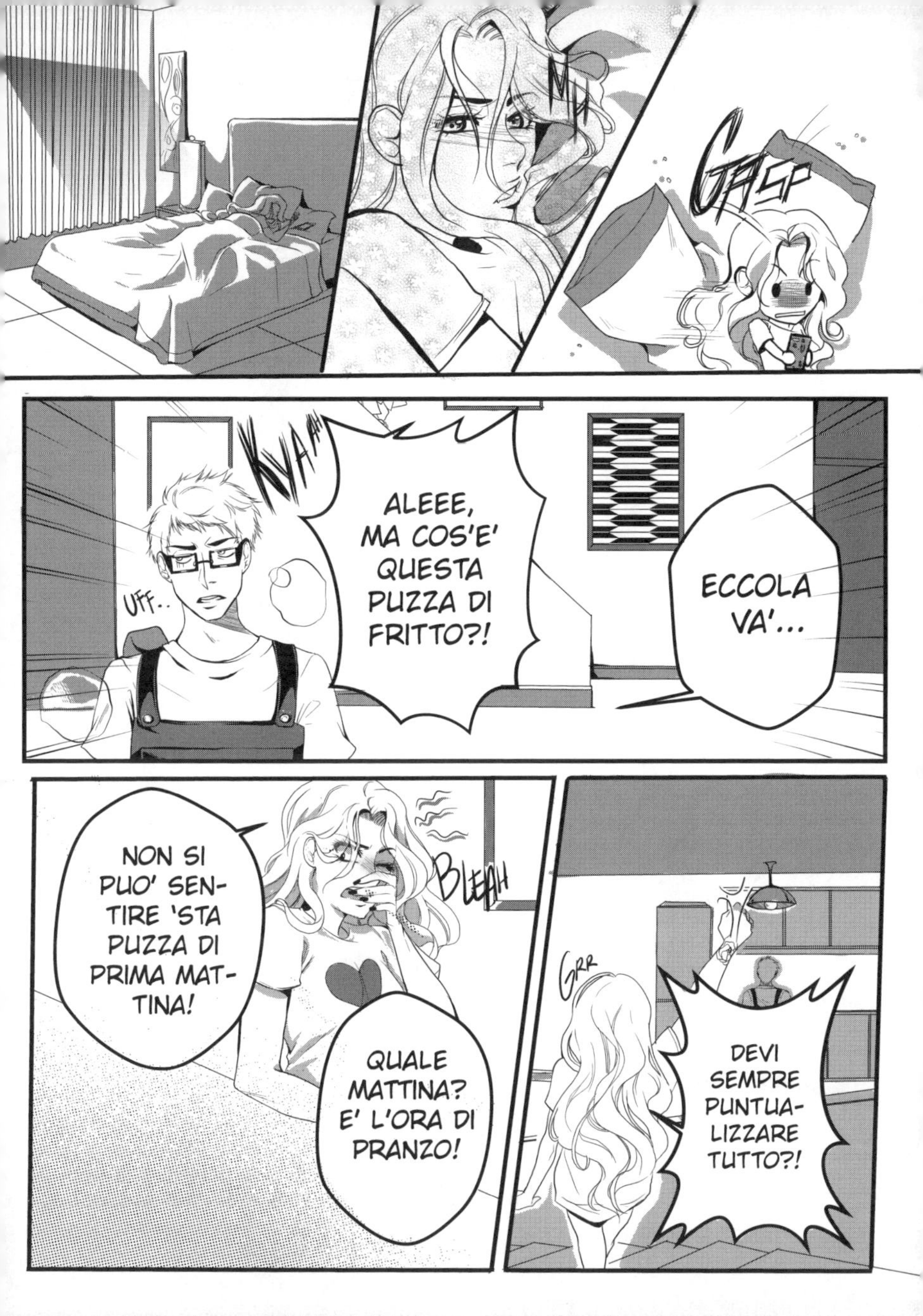
GASP
UFF..
ALEEE, MA COS'E' QUESTA PUZZA DI FRITTO?!
ECCOLA VA'...
NON SI PUO' SENTIRE 'STA PUZZA DI PRIMA MATTINA!
BLEAH
QUALE MATTINA? E' L'ORA DI PRANZO!
GRR
DEVI SEMPRE PUNTUALIZZARE TUTTO?!

MI SPIACE DI AVER LASCIATO SOLE COSI' IERI...
AH.
NON L'AVRAI LASCIATA PER STRA-DA, VERO?
TRAN-QUILLA, L'HO SCAR-ROZZATA FINO A CASA.
FORTUNA CHE ABITA VICINO A NOI!
SEI SEMPRE IL SOLI-TO!

GRAZIE PER ESSERE VENUTO, COMUNQUE ...
GASP!
SH!
BLU-
GHE
NON COMINCIARE A FAR LA PAZZA, EH!
EH EH
LASCIAMI, SCEMA!

SEI IMPOSSI-BILE...
LO SO.
DOPO ANDIAMO A RIPRENDERE LA MACCHINA E PASSIAMO DA SOLE!
VOGLIO SCUSARMI MA NON HO IL SUO NU-MERO...
...MA LA VEDI DOMANI A LAVORO, CHE TI FREGA!?
SHA
ARGH
NON ROM-PERE!

DIN
DON
...
CHI E'?

LUNA E ALE! APRI?!
... TERZO PIANO.
VOLEVO SCUSARMI PER IERI E NON AVENDO IL TUO NUMERO... ECCOCI QUI!
...DISTUR-BIAMO?
NAH, VIVO DA SOLA. VOLETE UN CAFFE'?

OH SI', ASSOLU-TAMENTE!
EHM...
TU LO VUOI?
SI', GRAZIE.
MA E' SEMPRE COSI'?
NON CI FARE CASO, QUANDO NON CONOSCE BENE UNA PER-SONA FA UN PO' LO SCONTRO-SO.
QUANDO PRENDE CON-FIDENZA E' UN' ALTRA PERSONA. E' IL MIO MIGLIO-RE AMICO, CI CONOSCIAMO DA...
QUATTOR-DICI ANNI?

TE L'HA GIA' DETTO? BENE! LO RIPETE SPESSO, VEDRAI
IERI SERA HO TROVATO UN PORTA-FOGLIO...
EH?
NON SO COSA FARCI ...
C'ERANO SOLDI?!
NO.
CHE FORTUNA, EH?
P.YO!!

VEDIAMO CHI E' 'STO POVERAC-CIO.
MAX... CERTO CHE LA SUA CARTA D'IDENTITA' STA MESSA MALE EH...
RESTITUIA-MOLO, NO?
PERCHE' DEVI COIN-VOLGERMI SEMPRE?
LUNA... PERCHE' TUTTI QUELLI CHE TI CONOSCONO DI-CONO LA STESSA COSA???
PIANTA-TELA!

SIAMO ARRIVATI ...
CHE ZONA TRAN- QUILLA...
...
DI MARZIO
ECCOLO!

CHI E' ?
SALVE, QUESTA NOTTE ABBIAMO TROVATO UN PORTAFOGLIO...
...VOLEVAMO RESTITUIRLO.
PREGO!
CLANG

BUONA SERA.
MI SPIACE, ORA MAX NON C'E', PERO'...

... NICHOLAS.
ERA COME GUARDARE UNO SCO-NOSCIUTO ...
UN BELLIS-SIMO SCO-NOSCIU-TO...
...CHE TI SEMBRA DI CONO-SCERE.

I SUOI OCCHI TI GUARDA-VANO MA...
TU-TUM
MA NON LO FACEVANO COME UN TEMPO.
LUNA ...
TU-TUM
TU-TUM
UNA PARTE DI ME ...
TU-TUM
...SAPEVA DI NON ESSERE PRONTA AD AFFRONTARE L'ENNESIMO SCHERZO DEL DESTINO.

L'ALTRA
INVECE...

...URLAVA.

...CHIEDENDO
DISPERATAMENTE...

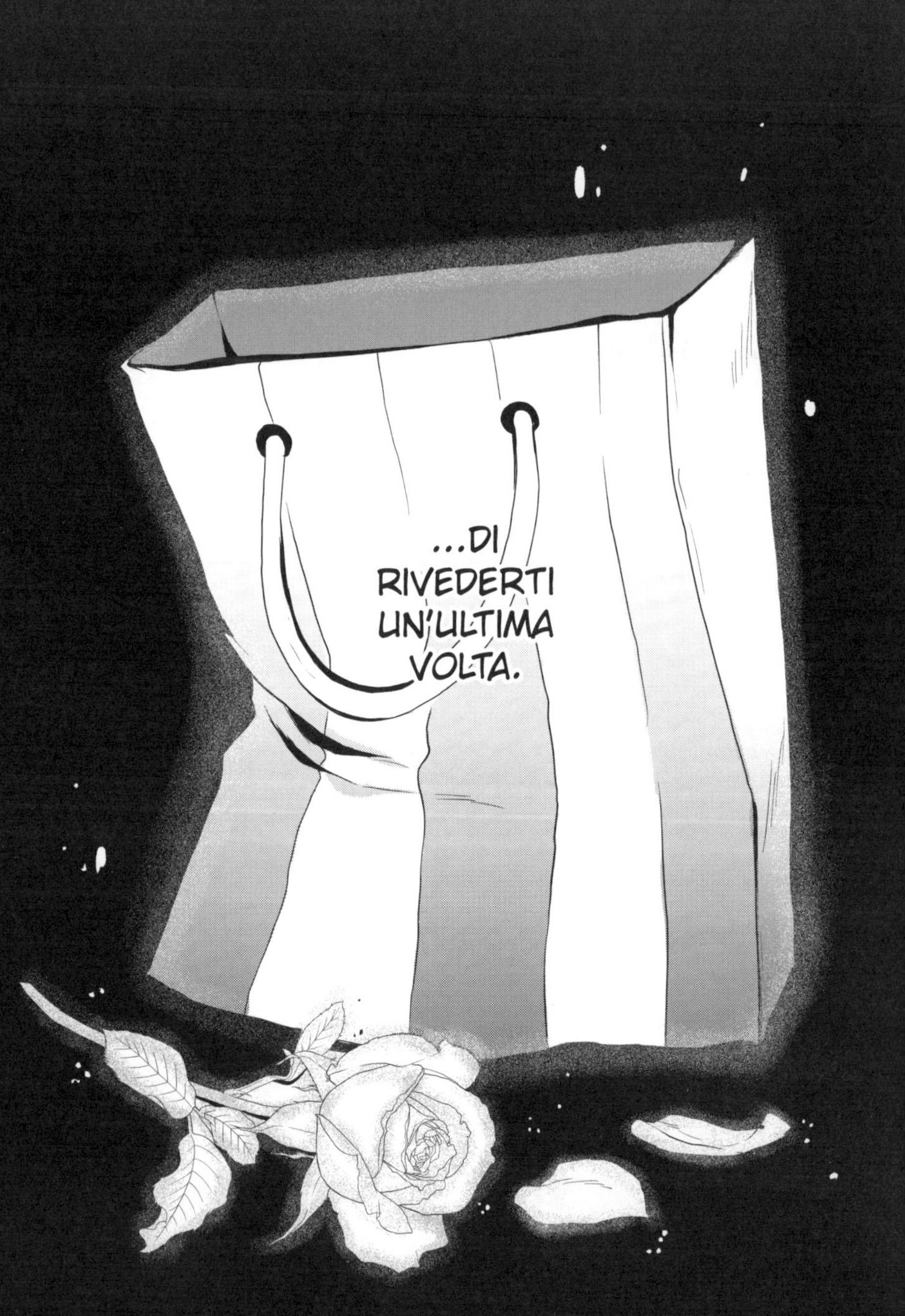
...DI RIVEDERTI UN'ULTIMA VOLTA.

LOOSERS
continua...

LOOSERS

illustration gallery

LOOSERS

characters

MUSE

NOME: LUNA
COGNOME: D AMANTI
HOBBY: SCRIVERE, LEGGERE, CANTARE;
AMA: MUSE, VAMPIRI VINO ROSSO, MANGIARE A VOLONTA'.
ODIA: LE INGIUSTIZIE, LA SVEGLIA LA MATTINA.
SEGNO ZODIACALE: SCORPIONE

NOME: SOLE

COGNOME: DE ANGELIS

HOBBY: FUMETTI, SERIE TV,MUSICA E CANTO.

AMA: GATTI, COLORE VIOLA, ESOTERISMO, MUSICA ROCK, LASAGNA, VIDEO EPIC FAIL, MANGA, CARTONI ANIMATI, FILM THRILLER E DEMENZIALI.

ODIA: CANNELLA, LE PERSONE POCO SMART, LE BUGIE.

SEGNO ZODIACALE: LEONE

LOOSERS

WOW! CHE DIRE?
SPERIAMO INTENSAMENTE CHE LOOSERS VI SIA PIACIUTO E CHE CONTINUERETE A SEGUIRCI FINO ALLA FINE. LA PARTE DEI RINGRAZIAMENTI E' IMPORTANTE, SI CHIUDE UN CAPITOLO, UN CAPITOLO DURATO DUE ANNI. VOLEVAMO RINGRAZIARE TUTTE LE PERSONE CHE CI SEGUONO E CI SOSTENGONO, TUTTI GLI AMICI E COLLEGHI CHE CI HANNO SUPPORTATO E SOPPORTATO.
C'E' STATO UN MOMENTO CRITICO CHE HA FERMATO I LAVORI PER 4 MESI, PURTROPPO QUANDO FAI UN FUMETTO CHE SI CHIAMA "LOOSERS" NON PUOI NON ASPETTARTI LA SFIGA DIETRO L'ANGOLO.
IL PC DI FRANKIES HA FATTO UNA BRUTTA FINE E RECUPERARE IL LAVORO (E TEMPO) PERDUTO E' STATO DIFFICILE. PER QUESTO RINGRAZIAMO LA NOSTRA SALVATRICE ALICE ESCULAPI, PER AVER FATTO DA ASSISTENTE A FRANKIES, RETINANDO GRAN PARTE DEL VOLUME, SENZA DI LEI LOOSERS NON SAREBBE USCITO IN TEMPO. E INFINE UN IMMENSO GRAZIE A VOI LETTORI, PER AVER DATO FIDUCIA A QUESTA STORIA. SPERIAMO VIVAMENTE CHE CONTINUERETE A SEGUIRE LUNA E SOLE NELLE LORO AVVENTURE DI TUTTI I GIORNI, ALLA RICERCA DELLA STRADA GIUSTA DA PERCORRERE.

GRAZIE.
SELINA & FRANCESCA